心が
そっと傾く

마음이
살짝
기운다

ナ・テジュ

黒河星子 訳

かんき出版

마음이 살짝 기운다

MY HEART IS BEING TILTED TO YOU
By TAE JOO NA
Copyright © 2019, TAE JOO NA
All rights reserved.
Original Korean edition published by RH KOREA CO., LTD.
Japanese translation rights arranged with RH KOREA CO., LTD through BC Agency.
Japanese edition copyright © 2024 by KANKI PUBLISHING.

愛よ、たくましくあれ

　春はいつだって、春ではなかった。秋もいつだって、秋ではなかった。けれども、春はいつでも春で、秋もまた秋。春を胸に抱きながら秋のことを忘れずにいたら、春でなくても春で、秋でなくても秋だった。

　愛も、人生も、同じだ。誰かを愛する時間だったとしても、喜んで愛で受けとめなかったのなら、それは愛ではない。別れもまた、別れではない。

　愛は去った。愛は遠くにいる。それでも、私たちが愛を見送らないかぎり、愛は決して去ることのない愛であり、別れも必ず悲劇であるわけではない。

　愛よ、おまえはただ、そこにいてくれ。無理に近くに来ようとはしないで、ただ笑っていて。たくましくあれ。泣かないで、そして、くたびれたりもせずに。

　私たちは、別れていても、別れているのではない。遠く離れて暮らしていても、いつだって会って、また会うのだ。空に、風に、便りを乗せよう。

2019年1月

ナ・テジュ

目次

1 章	きみを想い きみを愛する日
	너를 생각하고 너를 사랑하는 일

2章 | 存分に美しく
ずっと笑っていなさい

많이 예쁘거라 오래오래 웃고 있거라

3章 | 風をひとひら分けて食べ
陽射しをひと口もらって食べたら

바람 한 점 나누어 먹고 햇살 한입 받아서 먹다가

4章 風が吹く日には 電話をかけたくなる

바람 부는 날이면 전화를 걸고 싶다

詩作ノート

おわりに

ブックデザイン　三森健太（JUNGLE）

イラスト　　　　ロア

DTP　　　　　　Office SASAI

翻訳協力　　　　リベル

1 章

きみを
想い

きみを
愛する
日

너를
생각하고

너를
사랑하는
일

そんなきみ

この世のとこにもいない
きみを愛する

通りにも　家にもいない
コーヒーカップの前や　街路樹の下にも
いないきみを
ぼくは愛する

きみはいま
どこにいるのか？

きみの姿の中にしばらくいて
きみの心の中にしばらくきみが
休んでいくだけ

もっとたくさんのきみは　もうぼくの
心の中に　引っ越してきて
暮らしているきみ！

そんなきみを　ぼくは愛する
きみにとってさえも　いないきみを
愛するのだ

ポプラの並木道

夏の日の　真昼のことでした
あなたとふたりで　通りを歩きました
あなたは日傘をさし　ぼくは手ぶらで

陽射しが強くて暑いので　あなたは
日傘の中に入っておいで　と言ったけれど
結局　ぼくは日傘に
入りませんでした

そうやって　遠い道のりを歩きました
とくに話すこともなく
そんな姿を　並んで立っている
ポプラの木々が　見ていました

その後ろには　ぼくらの
心の中にも　ポプラの並木ができて
ぼくらもまた　2本のポプラの木になりました
ずっと長いあいだ　そんなふうになってしまいましたね

９月に会いましょう

春は来ますか？
寒い冬に打ち勝って
ぼくらの里にも
春はたしかに　やって来ますか？
そんなふうに　問いかけたころが
ありました

いまふたたび　ぼくらは
こんなふうに問いかけます
秋は来ますか？
ぼくらの里にも
きびしい夏に打ち勝って
秋はたしかに　やって来ますか？

きっと　来ます
秋は来ます
9月はもう　秋の入り口
9月は　自由と安らぎの季節

ぼくら　9月に会いましょう
そしてぼくら　互いにこれまで
つらかったね　大変だったねと
よくもちこたえてくれたね　ありがとうと
互いの額をなでながら
あいさつを交わしましょう

夏に赤くにじんだ目をすすいで
澄みきった瞳で　会いましょう
その日のあなたの唇が　桃色で
もっと赤く　きれいだったらいいですね

公州夜行

夜から
果実の匂いがするなんて　初めて知りました

コンジュ
公州の夜が
本当にいいと　初めて感じました

風がよかった
まちあか
街灯りがよかった

遠く
夜空の　お月様が本当によかった

いいえ
一緒にいたあなたが　このうえなくよかったのです

公州の夜を　ちゃんと知りたければ
公州に200年ぐらい
住まないといけないようです

残り柿

10年前に　聞くべきだった
少なくとも　数十年前には
聞いておくべきだった

愛してる、愛してた
ああ、ぼくも愛していたんだよ

春を見送り　夏も見送り
秋まで全部　見送って
冬の初めになってやっと

柿の枝
裸になった　柿の枝の上に
引っかけておく言葉

愛してる、愛してた
うん、ぼくも愛していたんだよ

唇の凍える　冷たい風が
聞いていったのか
それで　赤い実を二つ、三つ　そこに
残していったのだろうか

旅館の部屋

空気は暖かく　やわらかくないといけない
誰にも邪魔されないように　しないといけない

化粧をしていない　素顔
服を着ていない　からだ
良心に隠されない　むき出しの心

お互いのからだに刻まれた　手術の痕を
眺めてみるだろう
伸びたおなかの皮を　なでてみるだろう

いたわしいという気持ちになるだろう
お互いがかわいそうで　抱いてあげたくもなるだろう

より深く
より長く
そして　永遠のように

花びらの下

同じ言葉を繰り返し
もう一度　繰り返す

花が散っている
花びらが舞っている
シルクの服の襟に風が舞っている、と

行かないでくれ、と
もう少しだけここにいて、と

愛してる
愛してた
この先も愛してる、と……

ぼくの詩へ

いつかぼくを生かしてくれた
誰かの詩のように

ぼくの詩よ、いま
ほかの人のところに行って

その人のことも
生かしてほしい

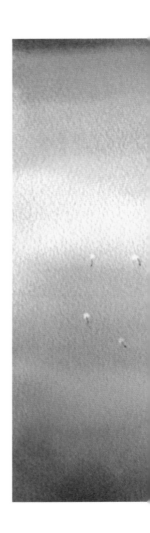

夏の女(ひと)

歩いているのではなく
踊っているようだね

いや違う
青い湖の澄んだ水に
水鳥が一羽
楽しく泳いでいるようだね

それも違う
露の空、空の海に
空の鳥が一羽
翔びながら歌っているようだね

真っ赤なスニーカーを履いて
水玉模様の夏
ゆらめくワンピース

あわてる気持ち

きみが来ると聞くと
あわてふためく
なぜ来ないの?
どうして来ないんだろう?
玄関の外に出ては
また戻ってきて
いったい何回　繰り返すのか

きみが来ているあいだ
心が落ち着いていても
またあわてはじめる
どうして帰らない?
いつ帰る?
いや、いつまた会える?

いつだって　きみの前では
あわてる気持ち
自分にさえ　よくわからない

新しい詩

どうやったら　詩を
美しく書けるのか　という問いに
自分の中にある　醜くて　よからぬ自分を
洗い流してみたら
書けるのではないか　と答えたら
驚いた顔でこちらを見つめた婦人
いぶかしげなその眼差しが　ぼくには
いっそう新しい詩でした

悲しみ

いざ、誰かが死んでも
誰かと別れても

その人を愛していたとしても
自分よりずっと愛していると言ったとしても

時間が経つにつれて
悲しみと痛みよりも

物足りなさが増してゆくという事実が
ふいに、ぼくを悲しくさせる

唇

どうにも大きい
笑うきみの唇が
とても大きい

それでも　きれいだ

若いから　きれいで
ゆらめく　黒い川
髪の毛の下で　きれいだ

ただただ　きれいだ

眉月、その家

初雪なのに
どうしたらこんなに
どっさり雪が降るのだろう！

窓の外　ガラス窓の外には
ひざまずく慟哭のように
降りしきる雪、雪

窓の内　ガラス窓の中では
最初の杯を握りしめ
涙ぐむふたり

二度と戻ってこられないと
二度とこの場所に
戻ってはこられまいと

思い出

声が聞きたくて　電話をかけました
そう、その声がとてもよかった

変わりありませんか？
そう、その気づかいがありがたかった

私のためだと思って　元気でいてください
そう、いつかそんなころもあったね

きみに会いたい

窓を開けると　晴れた空
何が見える?

木の葉を揺らしていく風
空の上に　ぼやけた雲が二つ三つ

きみに会いたいと　ぼくが送った
ぼくの気持ちの切れ端

遠くからでも聞こえる　鳥のさえずり
いち早くやって来て　鳴き声をあげる　夏の渡り鳥

きみに会いたいと　ぼくが送った
それは　ぼくの便り　聞いておくれ

風よ

きみは　ぼくが
愛していることを
知らないわけじゃない

それをいいことに
きみはときどき　ぼくを
揺さぶったりする

くらくらする
くらくらする

ねえ、きみ
揺さぶるのもいいけど
あまり揺らさないで

雲がきれいに見える日

頭に　そば殻の枕を敷いて
椅子にもたれて　雲を見て
空を眺めているとき
誰かがやって来て　尋ねた
何をしているのですか？

ぼくはいま、仕事中だ
ぼくにとっては　休むことは仕事で
寝ることも仕事で　空を眺めて
雲を見ることも仕事だ

そうだ
ぼくにとっては　毎日　本を読んで文章を書き
講演をすることだけが仕事ではなく
遊ぶのも仕事だし
何もしないことも仕事だという事実！

もっと早く気づくべきだった
そして　きみを想い
きみを愛することは　もっと
大切な仕事だという事実！

晴れた日の空と
空に浮かんだ雲が　ぼくに
教えてくれる

遠い道のり

一緒に行こう
遠い道のり

きみと一緒なら
遠くても近く

美しくなくても
美しい道

ぼくもその道の上で
木になって

きみのために　優しい
風になりたい

別 離

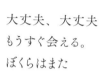

大丈夫、大丈夫
もうすぐ会える。
ぼくらはまた
すぐに会える。

願い

秋は空を　仰ぎ見なくては
いけない季節

そこに　きみがいたらいいのに

晴れ晴れとした笑みを浮かべた
きみがいたらいいのに

恋人

呼ぶだけで
胸が高なり
聞くだけで　胸が
ちくちくと痛む　名前があった

顔まで赤らめた　名前
いまでは　なんともないのが
とてもおかしい
なぜだかぼくにもわからない

不器用な別れ

ためらうこともなく　すっと
きみが去っていったとき
ぼくは窓の外の霧が　きみだと考えた
霧の中に見える山が　きみだと考えた
霧の中にみすぼらしく　立っている木々が
きみだと考えた

どうやらぼくは　きみを愛したのではなく
きみが去った日の霧を　もっと
霧の中の山と木々を　もっと
愛したのかもしれない

人よりも霧を　もっと愛して
霧の中の山と木々を　もっと忘れられないだなんて!
どうやらぼくの愛は　きみではなく
いつだって　きみの背景だったのかもしれないということ

どうしてこんなにも　ぼくの愛は
最後まで不器用なのか!

きみのせい

心配は
人に年をとらせ

悲しみは
人をやせ細らせる

それなのに、それなのに
そのすべてのことが

まさに　きみのせいなのに
それをぼくは　なぜ喜ぶのか

秋の床

古い床の上に
きみの素足が見えた

それも　枯れた花束の
前に揃えた　素足

帰ろう
ぼくは

きみの裸を見たと言い
きみの魂に触れたと言おう

鳴沙山の思い出

たわごとを言うな
誰がなんと言おうと　人生はむなしい
吹き上がるこの砂も　かつては岩だったし
真っ白なこの小さな骨のかけらも　かつては
勇者の肩であり　美人の顔だった

同じ言葉を繰り返すな
いくら言い張っても　人生は苦海そのもの
楽しいことなど　はなから考えず
いいことばかり　夢見てはいけない
太陽の朧なるころ　砂山の尾根伝いに越えていく
母ラクダの寂しげな鳴き声を聞いてごらん

それでも　どこからかまた風が吹く
高い木の枝に　砂埃の音が届く
つられて　胸が高なりだす
そうだとしたら　残してきた誰かに会いたいのだ
また誰かを　ふたたび愛したいと
心が焦がれているのだ

夢を見よ　恋焦がれよ　深く、長く愛しなさい
われらが眠り　休み　しばし楽しむことも
また苦痛を味わうためであり
この世という苦痛の海へ　ふたたび帰っていくためだ
そうしてふたたび　新しく夢見て　恋焦がれ
深く、長く愛するためだ

それでも

愛した
うれしかった
別れた
それでもありがたかった

きみがぼくを捨てたことで
ぼくはきみをもっと
愛することができた

理由

きみの瞳が　あんなにも美しかったのは
秋の陽射しのせいだったのだろう

きみの瞳が　あんなにも澄んでいたのは
秋風のせいだったのだろう

いや違う　ぼくらの前に別れのときが
近づいてきたからだ

涙が　空の川が　きみの瞳を
より美しく　澄んで見えるようにしたのだろう

新しい星

心がそっと傾く
なぜだろう?
曲がり角のほうへと　意識が伸びる
なぜだろう?
そこに新しい星がひとつ
生まれたからだ
そうじゃない　向こうの椅子に
きみがそっと来て　座ったからだ
長く垂れ下がった髪　黒い髪
ただ風に吹かれて
きみが髪に手をやり
なでつけただけなのに

心の中のその女^{ひと}

美しい妻をもつ彼は
心の中に妻より
もっと美しい女性をひとり
連れている

優しい妻をもつ彼は
心の中に妻より
もっと優しい女性をひとり
養っている

眉が細長く
唇の青ずんだその女^{ひと}
ときどき　彼がろくろを回すとき
外に出て眺め

彼が器をつくるとき
彼の手を支えて
器をつくってあげたりもする
器に絵付けをするとき
彼の手に代わって
絵を描いてあげたりもする

いまは　鶏龍山の高嶺も
そっと盗みにくる気がする
鶏龍山の木や草や花
鳥の声やせせらぎまで　こっそり彼女を
盗みにくる気がする

ずっとそこで暮らして
陶芸家と一緒にいてください
ぼくらが見たいと思う世界
ぼくらが見ることのできない世界を
器で、器の絵で
見せてください

ノイバラの花

見慣れない土地の　見慣れない谷間
真っ白に　今年も咲いた
ノイバラの花を見ると

思い出す
山奥にひとり
ひっそりと暮らす婦人

いつか　ノイバラを見に行くように
その女(ひと)に一度
会いに行かなくては

時計の贈り物

時計を
贈ってあげたい

時計を見て
ずっとぼくを
想ってほしくて

いいえ
ぼくのいない世界でも
ずっと元気でいてほしくて

2 章

存分に
美しく

ずっと
笑って
いなさい

많이
예쁘거라

오래오래
웃고
있거라

愛

きみよ、存分に美しく
ずっと笑っていなさい

まずは　きみのために
その次に　ぼくのために
そして　世界のために

きみのように美しい世界
きみが笑っている世界は
どんなにいい世界だろう!

白い雲

並び立つポプラの木
ポプラの枝先
幼いころ　白い雲を真っ白なパンだと
思っていたことがあった
大きくなると　母さんやきれいな女の子だと
夢見たこともあった

いまになってぼくは　白い雲を
父さんのように思ってみる
地上の　おなかをすかせた息子のため
父さんが　空のパンを持ってきてくれるんだ
いまでは　田舎でも姿を消してしまった
ポプラの枝、その高い枝先

母 の 心

赤ちゃんが育てば
お母さんもつられて
育ち

赤ちゃんが変われば
お母さんもつられて
変わる

赤ちゃんが笑うと
つられて笑う
お母さん

赤ちゃんが苦しいと
一緒に苦しむ
お母さん

赤ちゃんは　お母さんの
小さな湖
小さな空

波ひとつないことを
雲ひとつないことを
手を合わせて祈る

迷信

おまえは背中に　ほくろが多い
背中にほくろが多い人は
何度も生まれ変わった人らしい
幼いころの　祖母の言葉だ

あなたは背中に　ほくろが多い
まるで真っ暗な夜空に浮かんだ
星たちの宴のよう
年老いた　妻の言葉だ

生まれ変わりでも　星たちの宴でもいい
そうと信じて　生きてみるのだ
どうせぼくは　自分の背中のほくろを
自分の目で見ることは　できないじゃないか

朝の食卓で

子どもがふたり生まれ　育児をしていたころ
子どもたちがまだ幼いころ
もし私たちが　離婚をするようなことがあったら
絶対に私は　子どもを置いて
家を出ることになっただろうと思うと
子どもを育てる自信がなく　きっと
そうしてしまったと思うという
妻の言葉を聞いて　ことさらに
胸が痛む
それなら　うちの子どもたちは
どこで誰と暮らせばいいというのか
子どもたちが泣きわめいて　道端を
さまよったかもしれないと思うと

私たちが若くして　離婚したりしなかったのは
正解だったと　一緒に年老いることができて
本当によかったと
ありもしないことを考えて
胸をなでおろす朝があった

言 い 訳

ぼくが住む家は、古ぼけた家
市内でも外れのほうに建てられた
築30年ほとになる　古いアパートの9階
毎朝　その家を出て
夕方には　その家に帰る

その家には　誰が住む？
その家には　年老いた女が住む
ぼくと同じくらい　年老いた女
ぼくとずっと暮らして
ぼくみたいに　老いてしまった女

その家には　何がある？
その家には　ぼくが履いていた古びたスリッパ

古びた机とベッド　布団と枕
古びた本がある
全部がただぼくのもの
捨てたって誰も　拾ってはいかない

だからぼくは　その家が好きで
古ぼけた家が好きだ
年老いた病弱な妻に心安らぎ
ぼくが使ってきた　あれやこれやの物が好きだ

こんな家を離れて　どこに行こう？
それが、ぼくが新しいアパートに
引っ越さない理由であり、言い訳でもある

失 敗

ときどきぼくは
妻を母だと
思うときがある

しまったな

ときどきぼくは
妻を姉だと
思うときもある

これはもっと、しまったな

花咲く季節

母さん、今年も春は訪れ
5月は夢のように過ぎてゆき
サツキやツツジの花が咲き
牡丹の花も開いたでしょうか?

故郷にいるときに　私が植えた花
そのころはまだ若くて　花もあまり見ることができなかったけれど
いまはその花も育って
私のように　咲いているでしょうか?

花咲く季節にも　故郷に帰れないまま　もう幾年
花が咲いたら　母さんは庭先に下りて
腰を届めて　花をじっくりと
眺めていらっしゃるのでしょうか?

大きくなっても頼りない　息子を見るように
眺めていらっしゃるのでしょうか？
母さん、私には母さんが
どんな花よりも　美しい花です

この人を

からだの具合が悪くて　死んでしまう日を思うと
とても心配で
買い置きしたまま　穿かない靴下と
ゴム手袋をいくつか取り出して　数えては
もったいないと言う　その人
神様！　その人をどうしたらいいのでしょう？

夫のご飯は誰がつくり
部屋の掃除は誰がして
洗濯は誰がやってくれるのかと
涙ぐんだという　その老婦人を
神様！　どうしてあげたらいいのでしょう？

ぼくのゴリアテ

自分がダビデだと　言う気はないが
ダビデのように　ぼくにもいつも
ゴリアテがいた
どんな姿に変えようとも
どんな名前に変えようとも
ゴリアテがいた
ゴリアテは　ぼくの前に後ろに
隙さえあればいつも
ぼくを倒そうと　唸り声をあげ
ときには　ぼくの中で
心とからだを引き裂いて
ぼくを壊そうと躍起になった
しかし　ぼくはそのたびに
ゴリアテから逃げきった

ゴリアテを殺したり、消したりしてしまったわけではない
ただ　ゴリアテの目をくらまして
ゴリアテの手中に入らないように
努力をしただけ
ぼくはいまでも　ゴリアテから逃げている途中だ
かろうじて　生き残っている

また初めてのお母さんへ

また初めてのお母さん
こんにちは!

新しく生まれた赤ちゃんに　世界が
新しく目を覚ました
世界が新しく
まぶしいように

赤ちゃんにつられて
お母さんの世界も
新しく目を覚まし
新しくまぶしい
世界でありますように!

かんき出版
韓国翻訳本のご案内

BTS 日韓累計 RM 67万部
BLACKPINK ジスも
人気ドラマ 愛読
ボーイフレンド
でパク・ボゴムがソン・ヘギョに
贈った本として話題

BTS J-HOPE
2PM メンバー愛読
待望の第二弾 SNSで話題
発売即
大重版
憂鬱なとき、悲しいとき、
不安なとき、寂しいとき……
生きる力をくれるのは
祝福と癒やし

意地の悪い人生には
思いきり卵を
投げつけてやれ。

SEVENTEEN
スングァン
愛読の感激本

やり場のない怒りも
温かく癒やしてくれる珠玉のエッセイ

各国出版から異例のロングセラー、待望の日本初訳!

EXO BAEKHYUN も愛読
5年連続年間ベストセラー!
感涙60大共感!

アンニョン、
大切な人。

どの瞬間も
君を手前ではない
あなたへ

EXO BAEKHYUN
も読んだ話題のベストセラー
「人生の大切なことに気づかせてくれる」と大反響!

韓国で
20万人が
共感!

読々重版!
SNSで話題
超話題

年間ベストセラーエッセイ第1位
韓国で20万人が共感!

＼Twitterやってます!／
@kankipub_kbooks

かんき出版

〒102-0083
東京都千代田区麹町4-1-4 西脇ビル 株式会社かんき出版

花を見るように君を見る
「泣いた」「心が浄化された」「一生大切にしたい」など、幅広い世代から共感を集め、日本で詩集ブームを巻き起こした一冊。(ナ・テジュ著 黒河星子訳／1,650円)

愛だけが残る
『花を見るように君を見る』著者による第2弾! 誰かの恋人であり、妻であり、娘だったあなたに贈るラブレター。(ナ・テジュ著 黒河星子訳／1,650円)

すべての人にいい人でいる必要なんてない
すでにいい人であるあなたがすべての人にいい人になろうとして、ありのままのあなたを見失うことがありませんように。(キム・ユウン著 西野明奈訳／1,760円)

アンニョン、大切な人。
自分を不完全だと思って、いつも不安と後悔を抱えているあなたへ。痛みと向き合う勇気をくれる温かな106のエッセイ。(チョン・ハンギョン著 黒河星子訳／1,760円)

小さな星だけど輝いている
輝く瞬間はいつも永遠ではない。それでも、時には堂々と、時には淡々と、私らしく輝けばいい。心に響くヒーリングエッセイ。(ソユン著 吉川南訳／1,650円)

韓国ドラマが教えてくれた大切なこと
あなたを支えてくれた、人生でいちばんの名セリフはなんですか? 胸を打つセリフから読み解く、目から鱗の人生エッセイ。(チョン・ドッキョン著 西野明奈訳／1,650円)

世界の古典と賢者の知恵に学ぶ　言葉の力
老子、孔子、マルクス、サルトルなど、賢人たちの言葉と古典から話し方を学び、生き方を磨く一冊。大人の課題図書。(シン・ドヒョン、ユン・ナル著 米津篤八訳／1,650円)

本当に大切な君だから
韓国で国民エッセイと呼ばれた大ベストセラー! 愛と別れ、人間関係、仕事、夢、劣等感…自尊心を取り戻すためのヒントが満載。(キム・ジフン著 呉永雅訳／1,870円)

明日は明日の日が昇るけど、今夜はどうしよう
自費出版から異例のロングセラー、待望の日本語訳! 眠れない夜、あなたと同じ寂しさを抱えて、眠れずにいた人のお話。(ヨンジョン著 吉川南訳／1,540円)

今日だけでなく
明日も明後日も
ずっと
そうでありますように！

洗濯論

ぼくは毎日　からだを洗う
洗っても　洗っても　汚くて
ある日は　朝に洗って　夕方にも洗う
あなたって本当に汚いわね
お風呂のお湯が　雑巾を絞ったあとみたい
そんなふうに　妻は言う
なるほどな！　ぼくのからだは雑巾なのか
雑巾の中でも　汚れやすい雑巾
洗っても　洗っても　また汚くなる雑巾なのか
実際　文章を書くことも
ぼくがきれいでいい人だったり
美しい人だったりするからではなく
中身があまりにもみすぼらしいから
それを少しでも変えようと　書くのではないか

まったくそのとおり！
文章を書くことも、お風呂に入ることも
洗濯をすることも、結局は同じことなんだ！
お風呂に入りながら　ふと、こんなことを考えた

風琴

どこか遠いところから
ぼくの名前を呼ぶ
声

松風の音かと思えば
海の音で
海の音かと思えば
ああ、母さん

日が暮れて
若かりしころの母が
幼いぼくを呼ぶ
声

故 郷

ひとつの風景だけを　眺めて暮らすのも
悪くはなかった

もちろん
毎日会う人とだけ　会って暮らすのも
悪くはなかった

帰国

花が咲けば　花が見たくなり
鳥が鳴けば　鳥の声が聞きたくなり
別れていても　きみに
会いたいという気持ちが
遠い国へと旅立たせ
また急いで家路へと
向かわせる

娘へ

「この暑いのに
釜山まで?
それは大変すぎる!」

おまえが遠い
カナダから
送ってきたメッセージ

大丈夫
世界との
約束だから

子どもたちと　よく眠り
明日また　すてきな世界と
出会ってほしい

じつは　私には
いま　この場所が
まさに天国

おまえはもっといい
等級の天国に　しばらく
行っているのだろう

旅行 1

お話ししたいことがあります。
ぼくは、遠いところへ行ってきたんです。

新しいものもたくさん見て
失った自分を
見つけたりもしたんです。

育児の退勤

子どもをふたりとも　寝かしつけて
夜の10時が過ぎて、11時も近くなって
やっと退勤だという言葉
胸に突き刺さる

そう、退勤はいいね
一日中　母親業をしてから
その労役を離れて
退勤するのは　いいね

よく寝て　よくおやすみなさい
夢の中だけでも　ひとりになって
ふわふわ　きみの園で
裸足になって　駆け回り
空へと翔んで　雲になり
そうしたらいい

明日の朝、
子どもたちが目を覚ましたら
出勤しなくては

若いお母さんへ

きみがいて　世界は
もう一度　新しい世界で
日ごとに　一日一日が
また新しい日だね

いや、きみが
抱いている　赤ちゃんがいて
世界はふたたび
光り輝く世界になる

そう、赤ちゃんは
もうひとつの地球
もうひとつの宇宙
この世のすべての　いいことの集まり

丸くて　やわらかく
さわやかで　心地よく
ありがとう　ありがとう
きみときみの赤ちゃんに　ありがとう

晴れた日の空

涼しげなお月様も　あるけれど
その多くは　曇った空
雲間に　煤けた中に
霞んで笑っていらっしゃる　お月様

お母さん　お母さん
いいものを　さしあげられず
心配ばかりかけて
すみません

古言
こげん

牛を売りに行って
犬がついてくるという
古い言葉がある

手塩にかけて育てた牛を
市場に出して売り
手ぶらで帰ってきた父

手放してむなしい気持ち
マッコリの杯に酔って
眺めていた夕暮れの空

かつてのぼくらは　父にとって
売られていった牛だったのだろうか
追い返しても　追い返しても　ついてくる
犬だったのだろうか

3 章

風をひとひら
分けて食べ

陽射しをひと口
もらって
食べたら

바람 한 점
나누어 먹고

햇살 한입
받아서
먹다가

こちら側とあちら側

世界を生きてみれば
世界のこちら側から
世界を眺めて生きるときがあり
世界そのものになって生きるときがある

世界を眺めて生きるときには
向こう側から見る世界がうらやましくて
世界になって生きるときには
世界を眺めて生きるときが恋しい

けれども　二つの世界は　どちらも
美しいものであり　いいものであることを
ぼくらはしばらく　忘れて生きているだけ

旅行 2

遠い道のり　遠い人
元気でいて

雲も見て
風にも出会い

ときには雲にもなって
風にもなって

また近い道のり
近い人

晴れた日

小川の水を眺める
澄んできれいな水
あ！　魚がいるね

魚が泳ぐ
ぼくの心の中にも
澄んだ水が流れ
魚が泳ぐ

今日はやけに晴れた空
ぼくもいまは魚
空の海を泳ぐ

草花文学館

詩人の言葉を聞かないまま
どなたも雑草を引き抜かないでください
詩人が花として育てている
雑草があるかもしれませんから

魚の絵

川で、海で、ぴちぴちと
泳ぎ回っていた　魚たちを捕まえて
食卓に並べたら
ぼくらの食卓が　なんだか川になって　海になったみたい
ぼくらも川になって　海になってみよう
いや、魚として生きてみよう
そうでなくては　魚たちを裏切ることになり
川や海を　がっかりさせることになるのではないか

それだけだろうか
ときには空を　生き生きと飛ぶ鳥たちを
捕まえて飼育してまで　食卓にあげておいて
彼らの愛しい卵まで　食卓にあげたのだから
今度はぼくらが　空になって　鳥になって
鳥の卵になってみよう
いや、それらすべてのものとして一度生きてみよう
それこそが共生であり、同行ではないのか

林檎や梨、マクワウリ、スイカやイチゴ
そんな果物たちのことは　もう言うまでもない
ぼくらがただ　そんな果物になってしまおう
果物たちが持っていたであろう　光り輝く時間を手に
果物たちと一緒に　まばゆいばかりの陽射しと
澄んだ空気と
きれいな水に　なってしまおう
そうでなければ　本当に裏切りだ　賛成にはならない
賛成！　賛成！　そう、賛成なんだ。

ときにそんなことを　ぼくらは
公州の石壮里錦江の川辺にある
旧石器博物館の真ん中に来て
学んだり　感じたりする
だからぼくらは　旧石器時代の人に
もう一度　生まれたいと思う。

食卓の前

魚を食べることは
魚を食べて　片づけてしまうことではない
ぼくら自身が　魚のヒレとなり　エラとなって
川を感じ　海を感じるということだ

だから最後は
ぼくらも魚になり　川になってみて
海になってみること
そして　一匹の魚として
生きてみるということだ

一杯のご飯を食べるときも同じだ
稲がご飯になるまでのすべての苦難と喜び
ギラギラとした　田野に照りつける強い陽射しと

さわやかな風　そして
一粒の米のために流した
ありがたい農民の汗のしずくを　感じなければならない

何かを食べることは　決して
あたふたと食べて片づけることではない
それは　私たちが食べるその何かと
ひとつになることであり　協同すること
それは偉大なことであり　神聖なことでさえ
あるのだ

そうでなければ今日のぼくたちに
希望などない

役立たず

魚を網で捕まえて
辛いスープにでもして　食べてみようと
川辺に出かけたら

川の水に遊ぶ魚たちが　かわいくて
川に浸かった山の影が　きれいで
風までも　よかったから

それらを眺めながら　それらと一緒に
遊ぶことに夢中になって
網を広げることさえ　できないまま

風をひとひら　分けて食べ
陽射しをひと口　もらって食べたら
すっかり　夕暮れ時になって

手ぶらで起き上がり　よろよろと
家に帰るという　ああ、なんたる役立たず
夕陽も　つられて舌を打つ

ベランダ

アパートの9階から
ガラス窓を押し開けて外を眺める
いつのまにか緑の海になった世界
いや、海の底にある世界になった集落

ツルバラの赤い花で　監獄になった家がある
昔の同僚のソ先生は　手まめな人だ
彼が育てる菜園には　いつの日か　すっかり熟した野菜たち
ずらり並んだ唐辛子の苗、ミニトマト
その横にはケール、チシャ、玉ねぎ、フユアオイ
山にはもう、ウグイスも戻ってきて鳴く

胸を大きく開いて　ツルバラの赤い香りを飲み込む
ソ先生の家の畑で　野菜たちの青い香りを飲み込む
ウグイスの鳴き声も飲み込んで　ついに
山もひとつ飲み込んでみる

そう、今日はぼくが　ツルバラの赤い香りになってみよう
ソ先生の野菜の青い香りになってみよう
そう、今日はぼくが　ウグイスの鳴き声として生きてみて
5月の青い山としても生きてみよう

ヤマツバメ

梅雨の昼間
雨がしばしやんで　雨粒がパラパラと散らばる日
空　高い空に
ツバメ　ヤマツバメが現れた
去年　そこに住んで旅立った　あのツバメだろうか
その息子や娘だろうか
どうか今年も元気で
雛も産んで　無事に元気に
南の国へ旅立って
また金鶴洞の高い空を
翔び回ることを願おう
私もまた　あのツバメたちに会うことを
夢見よう

根っこの力

倒れた花も
むやみに踏みつけたり
刈り取ったりしてはいけない

花が咲くまで
花が散るまで
待たないといけない

その一輪の花を咲かせるために
根っこはどんなにがんばって
茎や葉っぱもまた

どんなに泣く泣く
すがりつき　慰めて
きたことだろう

ぼくらは　たとえ知らなくても
よくわからないと言っては
いけない

曇りの日

日が昇ったら
空が晴れたら
空の道に乗って
きみよ来たまえ

まぶしい素足
露の靴を履いて
空の道遥か
海の道遥か

きみもまた空
きみもまた海
雲となり
波となれ

昼寝

芭蕉
広く青い影
青い風

風の手は大きくなり
昼寝をする老人
夢路は遠くて深い

アジアの砂漠
敦煌(とんこう)のどこかに
帰ってくるのかもしれない

朝 寝

ウグイスが鳴いて
カッコウが鳴く早朝
一晩中書き物をして疲れ
ぼくは朝寝する

ウグイスの鳴き声が
子守唄だ
カッコウの鳴き声が
子守唄だ

ぼくの眠りもこのまま
ウグイスの鳴き声の色
黄色に染まって
カッコウの鳴き声の色
青色に染まる

アゲハ蝶

行かないで
一緒に行こうと
つかんだスカートの裾
真紅のスカートの裾

どうしても行く
行かなければならないと
振り払ったスカートの裾
ビリビリと破れて

そのまま蝶に
なってしまうとは
ひらひら舞って　蝶に
アゲハ蝶になるとは

もう少しいてほしい
一緒に行こうと
もう少しいてほしい
一緒に行こうと

ひらひら
蝶が舞う
ぽっかり穴の空いた
空！

あなたがつくった器

決して言葉は発しない
にこりと一度笑う　笑みで
千万の言葉を
代弁する

心の中に朝鮮時代の文人をひとり
胸に秘めているとでも言おうか
朝鮮の空と雲を
飼い慣らしているとでも言おうか

鶏龍山の麓に長く暮らして
鶏龍山の木と草に似て
鶏龍山の声に　風の声に似て
しまいには鶏龍山に似てしまった人

あなたがつくった器に
鶏龍山の風の音　水の音
鶏龍山の木と草が
やって来て　遊んでいくことを願わん

どうかどうか　ドドンと太鼓が鳴り
朝鮮の空が開いて
朝鮮の雲もふわりといくつか
浮かんで流れていくことを願わん

野菊

寒くなったから
水が澄んで
水辺に白い花が咲いた

きみもいま
水辺に来て
花になりなさい

ぼくも　きみのそばに行って
白い花を一輪
咲かせよう

恋しさ

ソムジン川を過ぎて
順天へ行く道
山の端に霧雨が
立ちはだかる

行かないで
一緒に行こうと
見えない手をあげて
目の前を塞ぐ

どうしたらいいのか!
きみは　そんなにも遠くにいて
ぼくも　こんなにも
遠くへ来ているのに

しまった

アオガエルは
冷血動物だから
人間の手で触ったら
やけどをするらしい

しまった!

そうだったんだ
これまで
自分のことだけ考えて
人間のことだけ考えて
生きてきたんだな

すまない

研ぎ澄まされる

花が咲いた
きびしい寒さに耐え　いっそう
積極的に　からだをほぐした

世界が研ぎ澄まされる

ガラス窓をみがき
床をみがき
玄関の外まで掃いた

わが家が研ぎ澄まされる

いまでは　誰もむやみに
手を触れられないだろう

空の金魚

ぷくぷくと膨らんで　昇っていく雲
ちんまりとした絵の　向こう側の絵
ありがとう　ありがとう

丸いけど深く　澄んだ
声　黄色の声
聞かせてくれて　ありがとう

ぱくぱくと　小さくも
赤い唇を開いて
風を飲み込み　花を飲み込み
草と木と山を飲み込み

そう　川の水までまるごと
飲み込んで　ぷかぷか
空の上で
空の金魚になって浮かぶ

よし　ぼくも空の上で
空の金魚になって浮かぼう
今日は　きみのせいで
ぼくはやけに軽い

葛の花の香り

もうずいぶん　ずいぶん前
ぼくの故郷　舒川郡^{ソチョン}の韓山^{ハンサン}の市日
韓山郷校の裏山
いまはもうない山道

初夏の昼下がり
紫色した葛の花が咲き
片目で見上げて　白い雲を見るとき
そよ風の吹くとき

山奥の道でふいに出会った
19歳の少女
澄んだ瞳で
白いブラウスを着た

きれいな額に　ぽつぽつと
浮かんだ　あのきれいな汗の粒を
どうしたら忘れようか
白い雲も見ていたのに

その汗の粒とともに　可憐に
ずっと地上で　平穏であることを！
そよ風よ、葛の花の香りよ
おまえたちもともに　長く息づいていますように！

ある砂漠

みずからが風で
みずからが花だった

あまりにも大きな風の前に
あまりにも大きな花

みずからの風が
みずからの花を倒した

虚勢を張った　つまらない
ひとりぼっちのコスプレ

ついには何も
残るものはなかった

旅人へ

風景があまりに気に入ったからと
風景になろうとしてはいけない

風景になった瞬間
恋しさを忘れ　愛を忘れ
あなた自身さえも　忘れてしまう

ただ遠くから　いまのように
懐かしむようにしなさい

4 章

風 が 吹く
日 には

電 話 を
かけ たく なる

바람 부는
날이면

전화를
걸고 싶다

ターミナル食堂

仁川（インチョン）総合バスターミナルの地下
ターミナル食堂
運転手と労働者と流れ客たち
誰かれと訪れては　定食でも麺類でも
用意された料理を　自分の手でありったけ
よそって食べる店
見知らぬ者同士でも
席を互いに譲り合って
ご飯を食べる店
故郷の言葉づかいひとつで
同郷の人だと言って世話をして
同じバスで来たから同行者だと
気づかいをしてくれる人たち
ああ、ここにぼくが　しばらく忘れて暮らしていた
人の住む世界が残っているんだ

本当に健康で　人間らしい人間たち
ここにみな集まって　ご飯を食べていたんだ
ぼくもその店で麺を
ありったけ食べて　5000ウォン払い
おなかがいっぱいになるより
心のおなかが満たされて
会う人ごとに　たわいのない
笑顔を見せたりもした

ふたたび、中学生へ

人は道を行くとき
バスを逃してしまうことがある

何も悪くないのに
バスを逃すように
つらい目に遭うことがある

そんなとき
忘れないようにしなさい

次もバスは来るし
この次に来るバスが　ときには
もっといいかもしれないことを！

どんなときだって
きみ自身を愛して
この世でいちばん尊いのは
きみ自身であることを　忘れないようにしなさい

考え中

先生の日*にお目にかかった先生
90歳もとうに過ぎた先生
いまでも家の畑に出て
鎌で草刈りをなさっていた

先生、今度またうかがいます
あれこれ話してから
あいさつをして帰るとき
ああ、そうかい、とだけおっしゃる
相変わらず先生は　前だけを見ていた

＊ 先生の日：毎年５月15日にある韓国の記念日。お世話になった師匠や教師などに感謝を伝える日とされている

148

人が100歳近くまで生きれば
振り返ることさえなくなるのだろうか？
いや、振り返ることがないように
生きなければいけないのではないか！
そんなことを考えている

ほんのり

ツルバラの香りは　遠くから
あるような　ないような
ほんのり

人の香りは　もっと遠くから
見えるような　見えないような
もっと　ほんのり

海を越えて　済州島<ruby>チェジュド</ruby>
漢挐山<ruby>ハルテサン</ruby>の山頂あたりから
太和江<ruby>テファガン</ruby>のほとり　蔚山<ruby>ウルサン</ruby>の
大木の茂みあたりから

自画像

幼いころから
遠い場所にあこがれて
遠くにいる人に会いたかった
あこがれる気持ち　会いたい気持ちが集まって
細く長い川となり
一生になった

ときには木になりたくて
名もなき花になりたくて
空にぽっかり浮かんだ雲になりたかった
そんなむなしい願いが　ぼくを育て
ぼくを導いて　老人の日にかなえようとした

いまでは　ぼくがあこがれの人となり
会いたい人となり
さらには　木となり花となり
雲にでもなってみたいけれど
そんな願いがかなうのか
かなわないのかは　ぼくにもわからない

電話をかけているところ

風が吹く日には
電話をかけたくなる
空が晴れて　雲の高い日には
いっそう　電話をかけたくなる

電話の最中にも　携帯電話で
遠い、遠い場所にいる人へ
ずっと、ずっと忘れて生きていた
名前すらうろ覚えの人を探し出しては

元気かい
元気だよ
元気でね
元気でいるよ

たぶんぼくは今日
風になりたくて
雲になりたいみたいだ
軽くて軽い電話の声になりたいみたいだ

ぼくはいま　自転車を引いて
小川のほとりを歩きながら
きみへ電話を
かけているところ

目

すまない
きみの目を　しばらく眺めているのを
許してほしい

窓の外にも目
窓の中にも目

ラクダのまつ毛の下
まばたきをする　丸くて澄んだ
深い目

なにやら　大きくてたくさんの話が
隠されているようだ
心が引き込まれて入っていったら
しばらく戻って来られない

心の外にも目
心の中にも目

ひとつの国の王朝の歴史が
潜んでいるような
目、目

あのたくさんの目を置いて
ぼくは帰っても
ただでは帰れない

シャヒラ

悲しいことがなくても
悲しそうに見える目
ただ大きな湖

ただ意味もなく
意味もなく

ひとたびまばたきをするたび
ひとつの世界が
開いては閉じたりする

椅子

しばらく　座っていってください
しばらく　座っていっても
この家は　あなたの家になるのです

たわいもない

千年前の海
千年前の岩
千年前の太陽と風を
連れて待っていたら
そのかたわらにしばらく座って
いかないわけにはいかない

たわいもなく
たわいもなく

千年前から　ここに来ることに
なっていたぼく
また千年後にでも　ここに
来ることになっているきみ

座って

立っているときは見えなかった
雲が　この場所に
座ってみたら　見えはじめた

雲だけ見えるのではない
風の手も見える
風がなでる
風の素肌さえも
うっすらと見える

そこに立っている木が　あんなに
高いとは
ぼくはまた　こんなにも背が
低いとは

窓の外に

窓の外に　ガラス窓の外に
ふたりの男
小さな紙コップに入れたコーヒーを
仲むつまじく　甘く　分け合って飲む

通り雨が降って
少し肌寒い日の朝

木と木のあいだ
棕櫚の木と棕櫚の木のあいだ
また別の二株の
棕櫚の木になる

アラブの少女シャヒラ

さようなら　青い鳥
遠い空を飛んで
疲れず
病気をせず
ねぐらを見つけて
元気に暮らしなさい

きみのおかげで　何日か
虹がかかった心
幸せで　気持ちがよかった
その瞬間を忘れられない
ぼくも　今日は
赤い目をした青い鳥

からっぽの空　夕焼けを
きみを見るように　見るんだ

誓ってみる

ぼくにいったい　どんな幸運　どんな福があるのやら
ただ座っているだけで　鬱陵島 (ウルルンド) のイタヤカエデのシロップを飲める
なんて!
たしかに　イタヤカエデのシロップを採った人の苦労があって
シロップを買って送ってくれる人の真心が入っているはずだ

それでも　毎年3月になると届くから
それこそ　ありがたさや感謝の気持ちを超えて
涙ぐむほどのことではないか
生きて呼吸する人の　ひとえに祝福ではないのか

イタヤカエデの樹液を採った人の手は　どんなにか　冬の初めの
鬱陵島の海風に　身震いするほど寒かっただろう
イタヤカエデは　自分のからだにある樹液を分けてくれて
どんなに胸が痛み　つらくて惜しい気持ちだったろうか

いずれにしても　今年もイタヤカエデのシロップをもらって　厚かま
しくも飲んだら
一年間　気をつけて　元気に暮らさなければならない
イタヤカエデのように　青々ときれいな緑の葉を出して
空にゆらゆら揺れながら生きなければならないと　誓ってみる

カササギの餌

よき人
美しい人
その女（ひと）のところに行けば

歳月もしばし目をつむり
愛もしばし早瀬となり
その家の庭の柿の木となり

柿の木の裸の枝
ぽつんと残った　いくつかの熟柿が
カササギの餌として　熟れている

空に向かって明るく灯（とも）された
その女（ひと）の灯（あか）り
冬のあいだ　ずっと消えないでおくれ

その遠い道のりを

秋も深まったころの　秋
見知らぬ道　その遠い道のりを　ひとり来たけれど
バスに乗り　車窓に暮れる
秋の陽射しを見ながら　ひとりで来たのに

一緒にしばらく　向かい合って座ることもできず
お茶を一杯　分け合って語り合うことすらできずに
ただふたたび　その遠い道のりを　ひとりで引き返そうとするなんて

すまない　ありがとう
秋の黄色く実った稲　田んぼの稲たち
黄金色と　その上に降り注ぐ
黄金の陽射しだけが　涙を浮かべんことを
秋の陽射しだけが　友であらんことを

ありがとう　すまない
ひとりで来て　ひとりで帰る道
それでも　その心に祝福と感謝と
喜びが息づかんことを

ましてや

ぼくには　時間があまりない
この世に　ぼくが留まっている日が
そんなに多くはない　ということだ

それでも　人々がぼくに
時間をくれと言うのなら
ためらいなくあげよう

ましてや　きみが言うのなら！
きみがぼくに　時間をくれと言うなら
いつだって　惜しみなくあげよう

ぼくの時間より　きみが
ぼくにはもっと　大切だから

ははあ

ははあ、そうか　人とはそういうものか
長生きをして　善い行いをなさってくださいと言ったのに
お坊さんも人だから　きっと　どうしようもなかったんだな

毎年やって来る夏を　今年も迎えて
涼しく過ごしていただこうと　カラムシの服をさしあげたら
その服を着ることもできないまま　逝ってしまわれたんだな

この世にいらっしゃるとき　たくさんの業績を残されました
お坊さんとして、詩人として、生きてこられた方
あの世に行かれても　極楽浄土を満喫してください

裸 足

裸足でどこへ行かれるんですか？
神様に会いに行くんです

お行きになる道までぼくが
あなたの靴を運んでさしあげましょう

チョヒお嬢さん

お嬢さん、チョヒお嬢さん
いまごろ　どこにいらっしゃるのですか？
詩を詠んだら　あふれた涙
湧き上がる涙の海
いまは　落ち着きましたか？

はらはら　はらはら
涙が舞う日
江陵　草堂洞の
あなたの家を訪れ
格子窓が薄暗くて
涙が浮かびます

チョヒお嬢さん　ホ・チョヒ、ホ・ナンソルホン*

＊ ホ・ナンソルホン（許蘭雪軒）：本名ホ・チョヒ（1563 年 -1589 年）。朝鮮時代の女流詩人

この世に生きるとは
おとといも　今日も
ただ楽だなんてことが　あるでしょうか！
つらい人生の中にも
詩の句が心に生きているから
あなたはいま　何百年を生きても
この先も何千年
生きてゆく命

板敷の広間の向こう側から
泣き声のように　慟哭のように
降りしきり　積もりゆく雪の中に
むしろ　まっすぐ花軸を立てて
散らない花
蘭の花一輪が
今日も見えます

後輩の詩人のために

後輩の詩人が　年下の詩人から
私にも詩集をくださいと言われたとき
ぼくの詩集を読んでくれるのかい？　それならあげよう
と言いながら、新しく出た詩集に　心を込めて
サインするのを見た

ああ、彼もずいぶん寂しいんだな！

けれども、詩人よ
詩人は寂しいから詩人なんだ
寂しくもないのに　どうして詩人でありえようか！
あなたの寂しさが　あなたをもっと美しい
詩の国へ連れて行ってくれると信じなければ

自転車に乗って天国へ

この世に生きるのをやめて　こっちにおいでと
神様がお呼びになったら
自転車に乗って　天国に行くだろう
書きかけの詩のメモを　ポケットに入れて

谷川を渡り　峠を越えて
行く途中で疲れたら
書きかけの詩を　もう一度取り出して書き
休み休み　向かうだろう

その日にきみよ
ぼくが愛したきみよ
ぼくのために泣かないで
美しい手を振っておくれ

美しい歌でも歌っておくれ
花の中の　またひとつの花となって
新緑の中の　またひとつの新緑となって

サンディエゴに旅立った詩人へ

他郷での日々は　とても長いだろう
どうか　からだに気をつけて
いいことやきれいなことを　たくさん考えて
元気に戻っておいで

ぼくらこの世の命は
どうせ一度きりで
本物の愛も一度きりで
胸を打つほど美しい旅も
一度きりなんだ
いま　あなたはその旅に出ようとしている

ぼくには決して知ることのない土地
行くことのない地方
その雲になって
木になり、風になりたいと願う
魂よ、青い魂よ

ずっとそこに留まることなく
その風と陽射しと
雲と木だけを連れて帰ってきてほしい

知らない場所　その場所に
身をなげうってくることのできる
あなたの立場と　あなた自身に
感謝しながら
元気で帰ってくることを祈る

帰ってきたら　ぼくがあなたを
抱きしめよう
ぼくの背が　たとえあなたより
ずっと小さくても

蜂蜜の言語

　世界のあらゆる食物の中で、最も清潔で美しいのは、乳と蜂蜜だ。そのため、聖書でもカナンの地を「乳と蜜の流れる地」と表現した。乳は動物から生み出されるが、その動物を傷つけることなく得られる食物だ。また、その食物は幼き者を育て、成長させる尊い糧となる。蜂蜜は植物から得られるが、やはり最も高級で栄養価の高い食物だ。

　私はここで、蜂蜜と関連させて詩の話をしてみたい。また、詩人についても話してみたい。本来、蜂蜜はミツバチのものではない。誰もが知っているように、花の中にあったものだ。花たちがみずからの生存手段として、受粉のために用意したのが蜜であり、そうやって花が備えた蜜を、ミツバチがやって来て集めたものが蜂蜜だ。そのため、私たちは「花蜜」とは言わずに「蜂蜜」という。詩についても、同じように説明できる。蜂蜜が本来、さまざまな花の中にあったように、詩はこの世の万物、この世のあらゆる人の考えと感覚、その人生の中にすでに内在している何かだ。それを詩人たちが持ってきて自分の詩にする。しかし誰もが、そのような詩を、すべての人の詩とは言わずに詩人のものだと言う。蜂蜜の場合には、花の蜜ではなく蜂蜜と

言うように。

　このような点において、詩人は謙虚でなければならない。常に自分だけの問題や考え、感覚に没頭することなく、まわりのすべての人の問題や考え、感覚に謙虚に耳を傾け、優しく接近する必要がある。傲慢やうぬぼれ、衒学的な物言い、自慢は禁物だ。いったい誰のための詩なのか？　他人のための詩でなければならない。いまこそ、「私」の問題だけでなく「あなた」の問題に大きな比重をおいて、思いやりに満ちた関心の目を向けなければならない。また、「あなた」の苦痛と悲しみ、失敗、不幸、苦難をともに味わわなければならない。

　なによりも、蜂蜜のように有用であまねく人間に有益な存在にならなければいけない。詩人もまた、一匹のミツバチのように勤勉で善良な生命体でなければならない。そうでなければ、この時代に詩と詩人が支持される理由はなく、生き残る道はない。たとえば体調が悪いとき、薬局に行ってどんな薬を買って飲むだろうか？　つらい症状が消える薬を買って飲むだろう。詩や詩人たちについても同じことが言える。もはや、有名な詩、有名な詩人ではない。読者はそれを求めてはいない。いや、

必要としていない。いま人々は、生きることがつらくて大変だと心で訴えているのではないか！　それに対してすぐには対処できないとしても、慰めを与え、いたわってあげ、寄り添う気持ちだけでも示さなければならない。そうしないかぎり、詩の居場所も、詩人に対する信頼や尊敬も存在しえない。

　　　ただ拾う

　　　道端や人々のあいだで
　　　捨てられたまま輝く
　　　心の宝石たちを

 ―――――――――― ナ・テジュ、「詩」全文

　これは、私が詩の性質について書いた作品だ。蜂蜜がすべての花に散在しているように、詩もまた、あらゆる人、あらゆる事物、あらゆる人生と出来事の中に潜んでいる。一見す

ると、捨てられたもの、ゴミのようにも見える。しかし、きちん
と見抜くことができる人には、それはまぎれもなく宝石だ。その
ような宝石を、詩人たちが言葉で表現するのが詩である。そ
のとき、詩と詩人は、ふたたび安らかで広い地平を手にするこ
とになるだろう。ときどき私は、良い言葉、特別な言葉を話す
人たちに向かってこう言ったりする。「そんなふうに、考えなし
に話さないでください。私の近くでそんなにいいことを言うと、
私がその言葉を盗んで詩にしてしまいますよ」。みんな、最初
は悪口を言われたのかと思うが、よく聞いてみると、自分の言
葉がすばらしく、美しい言葉であるということなので、むしろ気
分をよくして笑ったりする。このように、詩は、あなたのものが
私のものであり、私のものがあなたのものであり、そうやって
お互いが通じ合いながら愉快にやりとりする、その何かの世界
なのだ。

日本の読者のみなさんへ

　こんにちは。韓国の詩人、ナ・テジュです。私の詩集を読んでくださる日本のみなさんに、感謝の気持ちをお伝えいたします。私は、心が苦しくて暗い気持ちになるようなときにはいつも詩を書いてきました。言うなれば、生きていくために詩を書いてきたのです。私にとって詩は、人生を支える杖のようなものでした。

　そしてこのたび、私の詩集『心がそっと傾く』が日本語に翻訳され、かんき出版から刊行されると聞きました。とてもうれしく、ありがたいかぎりです。これまでに刊行された『花を見るように君を見る』と『愛だけが残る』は、すでに世に出た詩集から選んで編まれた詩集でしたが、本書は新作だけを集めました。それにもかかわらず、韓国では読者のみなさんから高評を得ることができました。

　それには韓国のスター俳優、イ・ジョンソクさんのおかげによるところもあります。詩集が刊行されたあと、イ・ジョンソクさんが主演した『ロマンスは別冊付録』というドラマの中で、この詩集に収録されている「鳴沙山の思い出」という作品を朗読してくださったのです。

　イ・ジョンソクさんとは年齢は離れていますが、親友の間柄です。ずいぶん前の話になりますが、やはり彼が『ゆれながら咲く花（原題：学校2013）』というドラマで、「草花」という私の詩をとても生き生きと読み上げてくれことがありました。その後、韓国の若い人たちのあいだでその詩が愛されるようになったのです。ですからイ・

ジョンソクさんは、私の詩のメッセンジャーのような人だと言えるでしょう。

　また、BTS（防弾少年団）のリーダーであるRMさんは、本書に収録されている詩「こちら側とあちら側」をインスタグラムのストーリーズに投稿してくれたそうです。J-HOPEさんが私の詩の愛読者であることは知っていましたが、この出来事には驚きました。ほかにも、私の詩を気に入ってくれている韓国の歌手にはイム・ヨンウンさんや少女時代のテヨンさん、BLACKPINKのジスさんなどがいて、とてもありがたいことです。

　この詩集が、ロマンと困難を同時に胸に抱きながらいまを生きている、日本の読者の方々に愛される詩集になることを願ってやみません。

2024年5月
ナ・テジュ（羅泰柱）

【著者紹介】

ナ・テジュ

◉──作家・詩人。1945年、忠清南道生まれ。1963年、公州師範学校を卒業。1964年、中学校教師として赴任し、2007年、公州長岐小学校の校長として43年間の教員生活を終え、黄條勤政勲章を授与された。1971年、『ソウル新聞』の「新春文芸」に詩が入選したことをきっかけに詩人になる。1973年、初の詩集『竹やぶの下で』を出版して以来、エッセイ集、童話、詩画集など、これまで150冊以上の本を刊行。とくに、『花を見るように君を見る』は2015年の発売以降もっとも売れた詩集として、70万部の大ベストセラーとなる。日本でも10代から70代まで幅広い世代から共感を集め、詩集ブームを巻き起こす。韓国では、俳優イ・ジョンソクをはじめ、世界的人気アイドルグループBTS（防弾少年団）RMやJ-HOPE、少女時代テヨン、BLACKPINKジスなど、多くの著名人が愛読している。

◉──本書は、韓国の人気ドラマ『ロマンスは別冊付録』（イ・ジョンソク×イ・ナヨン主演）劇中で使用され話題になった。

【訳者紹介】

黒河　星子（くろかわ・せいこ）

◉──韓日・英日翻訳家。1981年生まれ。京都府出身。京都大学大学院文学研究科博士後期課程単位取得退学。訳書に『花を見るように君を見る』『愛だけが残る』『アンニョン、大切な人』（かんき出版）、『今日はこのぐらいにして休みます』（飛鳥新社）などがある。

心がそっと傾く

2024年6月3日　　第1刷発行

著　者──ナ・テジュ
訳　者──黒河　星子
発行者──齊藤　龍男
発行所──株式会社かんき出版
　　　　　東京都千代田区麹町4-1-4 西脇ビル　〒102-0083
　　　　　電話　営業部：03(3262)8011㈹　編集部：03(3262)8012㈹
　　　　　FAX　03(3234)4421　　　　　振替　00100-2-62304
　　　　　https://kanki-pub.co.jp/

印刷所──シナノ書籍印刷株式会社